句集

沈黙の函

飯田マユミ

Chinmoku-no-Hako

コールサック社

序

感性の輝きと一筋の道

橋本　榮治

今も横浜駅東口の九階で私が指導しているカルチャー教室に入会したのが飯田マユミさんの俳句の第一歩と言う。

ご尊父は馬酔木僚誌の会員であられたが、平成十三年に亡くなられた。その二年後に横浜郊外に越して来られ、恵まれた自然を表現したいと俳句に手を染める。一言で言えば、生活環境の変化を受け、亡き父が嗜んでいた俳句に父親っ子のマユミさんが興味を持ったということだ。そのカルチャー・センターには幾つかの俳句教室があったが、「馬酔木」の肩書を持つ講師は私一人であり、ご尊父が学んだ結社の名に親しみを持ったのであろう。

マユミさんが生れた山形の鶴岡は緑豊かな地であり、海岸側には海月の飼育で有名な加茂水族館があり、温泉が出る。その中の一つ、湯田川は藤沢周平の出身地として知られるが、マユミさん誕生の地であり、現在も縁戚がおられる。周辺の豊かな緑が俳句に向かわせた動機の一つになるだろうか。

私の側から見れば、初めてお会いした時、動作が機敏で若々しく、とても四十代には見えず、何故俳句に手を染めようとするのか、俳句の核心に触れるまで続けられるかどうかを案じた。ところが偶然にも、私の教室にはご尊父の葬儀に参列していた方々が複数在籍し、親身になって励まして下さり、運命的な俳縁を感じたらしい。

マユミさんとお会いした年、私は同人誌創刊に係わり、続いて「琉」「栧」と雑誌を創刊し、更に馬醉木編集長として多忙の渦に巻き込まれるのだが、振り向くと「琉」の作者として、「栧」の創刊同人として常にマユミさんがおり、何も言わずに協力してくれていた。

ここらでそろそろと句に移ろう。マユミさんの句の特徴は何と言っても言語感覚の鋭さから来る大胆な言葉の用い方にある。

木枯に飛ばされさうな顔をして

セーターを着てやはらかき妻となる

初蝶や決断までの二十秒

それよりもポインセチアが乾いてる

我々団塊世代には到底表現に至らぬ言い回しを大胆に取り入れて新しみを出している。「木枯に飛ばされさうな顔」「やはらかき妻」「決断までの二十秒」「それよりも／乾いてる」などの表現は新鮮さが句会で際立っていた。普段はさほど思わないものの、右のような句を見せられると年代の差を感じてしまう。勿論、聴覚の鋭さが句の根本にある。聴覚と言えば忘れられない句がある。

雨音の弱弱強弱ヒヤシンス

子の話起承転転夏みかん

同工異曲のような二句だが、趣は異なる。実感を大切にし、季語の即き方を考えているのがわかる。マユミさんの長所は聴覚の良さに加え、現代の、今の景を見事に切り取って一句に仕上げることだ。

Tシャツのジェームズ・ディーンの虚ろな目
コミック誌全巻二十梅雨に入る
スクワット十回缶ビール一本
江ノ島へ車線変更サングラス
キッチンの図案三枚小鳥来る

Tシャツのジェームズ・ディーンも、コミック誌二十巻も街を歩けば普通に見られる現代日本の一齣であり、駅前のビルにガラス張りのスポーツジムが入っているのも決して珍しくない。しかし、大半の俳句作者はそれが俳句の題材になるとは想像だにしていない。現代の街の景を捉えて今を詠むのが得意なのだが、次の句が示すように年長の私が過ごしてきた環境と似てなくもない。

「二十歳の原点」読みし十九の夏の日よ

安定した、時に古さを伴いがちと思われる対象にも果敢に挑戦する作者である。

影ひとつゆるがぬ真昼威銃

真つ直ぐな九月の雨に打たれけり

内容も調べもオーソドックスとも言える右のような句も散見するが、いつの間にか方向を変えられた。後句の調べなど流行り歌の歌詞にあっても不思議ではない。前述した「決断までの二十秒」が広末涼子風ならば、後句は荒井（松任谷）由実の詩情にも通じる出来と思ったが、それらをいつの間にか乗り越えられた。元々、詩心は繊細さに溢れており、

ひと言に崩るるこころ花氷

梅雨の蝶人との距離を図りかね

笑へさう菫ひとつのやさしさに

のような初期の繊細な作品を覚えている。心根が優しく、常に相手を思いやる姿勢だ。だが、その傾向にとどまらず努力を続けた結果が現在に繋がる。俳句は主観的見方のみでは独りよがり、客観的態度のみの表現では想像力に欠ける。大切なのはおのれの見方、おのれの想像力に没入することだ。

消え去りし蛇と脳裏に残る蛇
人體と海月が浮いて夜の海
香水が選ぶ真紅の夜会服

などに代表されるテクニカルな方向に走ったこともある。試行錯誤の時代と言ってもよい。

青春はどこか投げやりサングラス
塗りつぶす下絵八月十五日

右の二句の間には充分な時が流れている。前句は自分のことではなく、街で見かけた青春を謳歌している姿を描く。眩しい日差しの下に屯する若者のサングラスに焦点を当てて判りやすい内容だが、この句の問うているところはそれほど浅くはない。「どこか投げやり」こそ過ぎ去った自分の青春そのものであり、今の若者の生き方を突いている。一方、後句は打って変わって、みずからの姿を詠んだ句。だが、どういう場面で何の下絵か、何故塗りつぶしているのか、また、「八月十五日」がどのように関わるのか一切語っていない。それだけに確実に内容の深さが伝わって来る。季語の用い方、季語と季語以外の部分の関係性を読者の解釈に委ねた姿勢は顕かに本格的な俳句表現を掌中に収めた証であろう。

実はこの句集にはもう一つの重要な柱がある。それは、

水滴の張りつくコップ原爆忌　　第二章

から始まる。沖縄に旅をした直後の作品であり、現地での見聞の影響がないとは言えない。

人體と海月が浮いて夜の海　第三章
「月光」の譜面涼しく置かれゐる
道具箱ひつくり返す原爆忌
平和とはクリスマスケーキ分かつこと　第五章
原爆忌身体どこかつめたくて　第六章
亡国の沖に無数の海月かな
三つ折の白い靴下終戦日　第七章
線香とメロン八月十五日
塗りつぶす下絵八月十五日

そして「大津島 五句」に続き、最後に、

となる。一句目は激しかった沖縄の戦を暗示しているようだ。「人体」ではなく「人體」と書いている点にも注意を払いたい。二句目について言えば、『月光の夏』と題した反戦映画があった。

また、「大津島　五句」は各々読んで戴くこととして、徳山港の沖合約十キロメートルに位置する同島に行くには徳山駅で降り、離島航路のフェリーに乗り、島の馬島港へ向かう。島には回天誕生から実戦までの記録、乗員の遺品や資料が展示されている記念館のほか、訓練基地跡などがある。「大津島　五句」が雑誌に載った時、人として避けてはならぬことを詠んでおられる、しかし、関東に住んで大津島の名を知る方が何人いるだろうか?と思いつつも、わざわざ関東より島を訪ねた意志と行動に頭を垂れ、相馬遷子の故郷・佐久平、その貞祥寺にも回天慰霊碑と三分の一の模型があると助言をした。敗戦に向かいつつある戦の起死回生の手段として回天作戦を率いたのは黒木大尉と仁科中尉だったが、佐久はその仁科中尉の出身地だ。

句集名の『沈黙の函』は最終章の句に用いられた言葉だが、同句の前書「原爆ドームを去り」が単なる沈黙でないことを示しており、この句集を一つに凝縮する題としても相応しい。前述した一連の句に流れている時は長くて深い。平和に思いを託した句を静かに並べるマユミさんに今まで以上に期待すると共に、生き生きとした感性がどのように厚みを増してゆくか見守ってゆきたい。

令和四年　立冬間近の机辺にて

句集　沈黙の函　目次

句集　沈黙の函

Ⅰ 花野

三五句

決心の紅を引きをり朝桜

三叉路のひとつは家路鴉の子

不可思議な結婚指輪浮いて来い
ひと言に崩るるこころ花氷

泣き虫の松葉牡丹に囲まれて

遠泳の士気を束ぬる大太鼓

息継ぎを思ひ出したるつくつくし

両脚を浸す井水や盆休み

影ひとつゆるがぬ真昼威銃

そよ風や老いて花野に遊ぶ母

走りだす少女の私大花野

雁や掬へば消ゆる海の色

先駆けの雁三羽五稜郭

真つ先に入る故郷の掘炬燵

桜東風やはらかく夫送り出し

梅雨の蝶人との距離を図りかね

刺すごとき視線と視線花石榴

空よりも空の色して額の花

潮騒に包まれてゐる四葩かな

風鈴や母は言葉を疑はず

ミニトマト一つ一つの雫かな

ビタミンの不足してゐる冷蔵庫

炎天や腰に食ひ込む命綱

学帽の父はモノクロ雲の峰

存分に視線を合はせサングラス

子の影にすこし遅れて白日傘

影絵めく夫の横顔揚花火

秋蟬の声のゆるりと立ち上がり

灯火親し写真の父と酌み交はし

母の手を離さぬやうに夕花野

火の色の紅葉を枝折る飛鳥かな

木枯に飛ばされさうな顔をして

学生のころの面差し冬林檎

湯豆腐や客をもてなす京言葉

悴みてかじかみて出す切符かな

Ⅱ　セーター

四八句

緑黄色野菜のスープ噂れり
ラケットの素振り百回つくしんぼ

ふらここの風蹴飛ばして蹴飛ばして
行く方も記憶の空も桜かな

バリ島　八句

空港の甘き香りや南吹く

乗り継ぎの空港に買ふサングラス

噴水の音に目覚むる異国かな

頭にのせて売るマンゴーもパパイアも

片言の会話成立生ビール

サングラスかけて渚の肉料理

薔薇を抱く甘き異国の夜を抱く

蜂蜜のやうに溶けゐる熱帯夜

沖縄　五句

太陽の海へ溶けだす仏桑花

水に置く影まで赤き仏桑花

炎天を来る水牛の息遣ひ

黙々と老ゆる水牛大西日

煮え切らぬ男に注ぐ古泡盛《くーす》かな

祖父の声聞えて来さう籠枕

翳して柿の実一つひとつ青

水滴の張りつくコップ原爆忌

一枚の絵を観て帰る美術展
かあさんは日向の匂ひ鳳仙花

一言のあとの沈黙黒葡萄
夫よりのメール「冬服スグ送レ」

セーターを着てやはらかき妻となる

ふるさとのひと間ひと間に鏡餅

祖母と見し空の色とも軒氷柱

一輪の椿は真紅銀閣寺

梅東風に吹かれて父の墓の前

春の雲ハイジのやうに野を駆けて

マネキンの爪先立ちて春コート

蟬しぐれ空の余白を埋めきれず

大いなる虎の一瞥油照

泥亀のしきりに動く残暑かな

真つ直ぐな九月の雨に打たれけり

あふれだす父との記憶赤とんぼ

屈託のため息二つ穴まどひ

虚事のやうに雲ある冬野かな

梟の振り向くときの真顔なる

紙切れが落ちて来るやう冬の蝶

雨音のしづかに積もる落葉かな

冬耕のところどころに波の音

病床の母と分け合ふ聖菓かな

人形のやうな母ゐるクリスマス

老ゆるとは受け流すこと寒卵

寒月やヒールを鳴らし女医の来る

しなやかに革手袋の置かれゐる
冬ぬくしプラネタリウムに肩寄せて

Ⅲ 香水

三五句

目覚めても一人はひとり春の雪

馬上より見渡す大地風光る

しやぼん玉はるかな母へ飛ばしけり

笑へさう菫ひとつのやさしさに

花冷やこつんと遺る喉仏

消え去りし蛇と脳裏に残る蛇

もう一人の私が遊ぶ水中花

人體と海月が浮いて夜の海

香水が選ぶ真紅の夜会服

「月光」の譜面涼しく置かれゐる

別々の海を見てゐるサングラス

炎昼や溶けだしさうなゴッホの絵

金髪の弟のゐる祭かな

祭笛父を一日帰さざる

何もかもレモン絞つてからのこと

傍らのリルケの詩集黄落期

口紅の色に違和感黒ショール

寒紅は深紅生涯子を生さず

花柄の杖を手渡す春日向

蜻蛉玉ふたつに割れて桜桃忌

はんざきのかくも独りを愉しめる

サイダーを片手にひらく文庫本

さくらんぼ食みて本番五秒前

炎昼の我と忿怒の明王と

炎天へ踏み出すときの無口なる

青春はどこか投げやりサングラス

道具箱ひつくり返す原爆忌

屋上に夫待つ釣瓶落しかな

じゃんけんのちょきが好きな子青蜜柑

草の絮そろそろ家に帰らうか

たくさんの落葉ちひろの絵本にも
寒いのは羽を失くしてしまつたせゐ

平和とはクリスマスケーキ分かつこと

寒見舞言葉のほかは何も持たず

ポスターに昭和の女空つ風

Ⅳ　ポインセチア

三七句

さへづりや百の約束百の嘘

ジョーカーもピエロも男万愚節

初蝶や決断までの二十秒

残りしは我と流木鳥帰る

亡き父のための一日山桜

預かりし印鑑二つ桃の花

えごの花風吹く町に降り立ちて

何処までも空どこからも青葉風

男来て仕度ととのふ祭かな

そもそもが神田の生れ冷し酒

宮入のあとのしづけさ金魚玉

目の端に睡蓮を置く読書かな

氷菓嚙み未然連用終止形

巴里祭ゆつくり冷ますハーブティー

白靴の歩を弾ませて来りけり

青空の現地解散夏帽子

ソーダ水恋人たちに囲まれて
弟の部屋に吸殻夜の秋

花柄のシーツの干され小鳥来る

秋空や語尾を強めてピラカンサ

サフランと訊けば応へてサフランと

遮断機のかすかな揺れや秋の蝶

ラ・フランス無心で裸婦を描きゐる

指先にひと日の疲れ黒葡萄

型紙の左右対称秋の蝶

東京は言葉の坩堝鳥渡る

帰国せよ流星の燃え尽きぬ間に
熟柿踏む罪を問はれてゐる如く

耳につめたき邂逅の黒真珠

冬薔薇や小鳥のやうに笑ふ人

それよりもポインセチアが乾いてる
冬ぬくし鏡中に海見えてゐて

冬座敷遺影の一人われに似て

十二月某日「雪」とのみ書かれ

鮫鱇のもとの形を考へる

大鮫のぐらりと海を泳ぎ来る

極月や窓なき部屋に横たはり

V 陽炎

四四句

立春や母のシーツを新しく

春浅しきしきし洗ふ母のもの

合鍵を手にあそばせて春の宵
てふてふと言葉にすればば消ゆる蝶

人形と硝子一枚隔て春

人形の何か言ひたげ春の燭

陽炎に住むかげろふの街を去り

玻璃越しの母を見てゐる日永かな

表札は父の手作りつばくらめ

初心てふ波郷の自筆あたたかし

春の土大きく蹴つて灯台へ

灯台を登りきつたる春の風

いつせいに手を振る桜並木かな

一木の桜と白きままの画布

胸元に風の集まる夕桜

花冷の指もて結ぶ男帯

眠りゐる桜しべ降る東京に
葉桜や開店を待つ一時間

自転車の籠に花束五月来る

持ち歩く辞書と口紅若葉風

新しきラケットを振る五月かな

夏風邪の手足泳いでゐるやうな

一薬にまどろんでゐる梅雨の星

西日差すレモンてふ名の画材店

鷗外忌巨船の窓に異国の灯

食卓に青菜あふるる帰省かな

先頭は旗振るやうに捕虫網
人間に取り囲まれて兜虫

深海魚覗くふたつの夏帽子

棒切れのごとく人待つ残暑かな

原爆忌身体どこかつめたくて
嬰児と同じ眼差し生身魂

おとうとの一言にがしちちろ虫

考へて無花果食べて考へて

寄り添へば瀬音高まる紅葉かな

毬栗や笑ひだしたる土踏まず

木の実降る眠りだんだん深くなり

秋深し白衣白粥白き壁

車椅子落葉もろとも運ばれて
冬雲が嘆きの母の真うしろに

靴音のひびく階段雪もよひ

人住めば家になる函冬いちご

病室の小窓にあふれ寒茜

寒すずめ山の向かうの海知らず

Ⅵ　エコバッグ

三七句

どの径も春と思へば春らしく

くるぶしを見せて春野のスニーカー

菜の花や競つて走るランドセル

たんぽぽや風にふくらむエコバッグ

雨音の弱弱強弱ヒヤシンス

夜桜や言葉あやつる狂言師

陽炎なのか頼朝の影なのか
頼朝の渇きを今に滝落つる

月山の風流れ来る青田かな

ポスターの女優を真似てサングラス

Tシャツのジェームズ・ディーンの虚ろな目

モノクロのマリリン・モンロー晩夏光

亡国の沖に無数の海月かな

三つ折の白い靴下終戦日

糸瓜忌の寝癖のままの下船かな

その男過去は語らず月夜茸

ラ・カンパネラ秋思の爪を青く染め

秋灯下ため息ふたつ置いて来し

冬薔薇も皇帝ダリアも咲く墓域

冬日差す学生街の楽器店

永き日やマトリョーシカの十二体

桜満つ百寿の母を眠らせて

信号を待つ間のＬＩＮＥ若葉風

ブラインド越しの新宿駅や夏

コミック誌全巻二十梅雨に入る

エスカレーター夏帽同士すれ違ふ

子の話起承転転夏みかん

子も鳥も同じ明るさ水遊び

まどろみの端に風鈴揺れてをり

白南風やどの部屋からも海見えて

次々に子らの飛び出す大夏木

蟬声の湧き立つ青き故郷かな

線香とメロン八月十五日

天高し地に一対の母と我

唐突な問ひかけ白曼珠沙華

まならのムンクの叫び秋夕焼

北風を蹴つて走者のふくらはぎ

Ⅶ 春眠

六五句

八階の窓に母の灯去年今年

淑気満つ五人囃子に友の笛

一歩づつ見えて来る海花ミモザ

梅東風や日のあるうちに母と逢ひ

ドア越しの応へひと言冴返る

夜桜や命の数の窓明り

病棟へ通ふ自転車花ぐもり

白無垢の胸に懐剣朝桜

春眠の母よ献花に埋もれて
花ぐもり母の姿が見あたらず

飛び飛びの母との記憶山桜

花冷や虚になりたる桐簞笥

あたたかや吹寄せ菓子の花と星

春しぐれ四条河原に夫を待ち

幕間の花の吹き込む能舞台

重なつて眠る仔猫や花の昼

春風を遊ばせてゐる象の耳

降りしきる満中陰の桜かな

手にかるき父母の位牌や鳥ぐもり
ゆく春も亡き父母も夢のうち

踵より降り立つ離島桜まじ

樹齢千年寿命百年雲の峰

「二十歳の原点」読みし十九の夏の日よ

初夏や肩を揺らして弾くピアノ

水中花指輪大きな占ひ師

水色のひよこをねだる夜店かな

スクワット十回缶ビール一本
非常ベル鳴りだしさうな熱帯夜

二十二時五十七分蟬脱皮
あたらしき蟬の命のうすみどり

香水の男と二十五時の街

江ノ島へ車線変更サングラス

駅員と女が走る秋暑かな

鬼灯のひとつが残りゐる暮色

父母祖父母西瓜一口づつ供へ

真白な燈籠母へ捧げけり

往来の人もたまゆら盆の月

塗りつぶす下絵八月十五日

風に干すタオル七色秋高し

咲くやうに並べる帽子秋うらら

草の花摘みつつ風の散歩道

秋の蚊に刺されて太宰入水の地

この辺り昭和の暮し赤とんぼ　大津島　五句

天高し回天といふ昔あり

戦争とデモクラシーと野分かな

石段は闇の入口曼珠沙華

月光を背《そびら》のアンドロイドかな

原爆ドームを去り

バスといふ沈黙の函秋しぐれ

小鳥来るサプリメントの十二錠

キッチンの図案三枚小鳥来る

秋風やまた南方へ行くといふ

手袋が横断歩道の真ん中に

冬桜近づけば色失ひぬ

出棺のあと降る木の葉ふる木の葉

寝台車雪降る街へ子を連れて
雪原に足跡ひとつ無き母郷

おみくじを引くも結ぶも悴む手

薄氷の下は底無しかも知れず

武相荘

薬箪笥の引出し五十春の闇

掲示板の和英韓中桜東風

国境を越ゆるジプシー霾ぐもり

一塊の風は少年夏帽子

ロシア語の深夜放送夏館
巻き戻す時間水中花ゆらゆら

追憶の森より青筋鳳蝶かな

あとがき

幼少期はままごと遊びやお人形さんごっこよりも、野山を駆け回る方が好きだった。十代の頃は日記代りに、時々詩を書いて愉しんでいた。二十代、三十代は仕事中心の日々だった。三十代最後の歳に結婚をし、三年ほど仕事にも育児にも無縁の日々を過ごしていた。

そんな私がある日、父に「俳句をやらないか？　俳句は奥が深いんだよ」と言われていた事を思い出した。三年ほど前に他界していた父は、最晩年の二年間を趣味の俳句に心血を注いでいたのだった。その時は聞き流してしまった父の言葉が遺言のように思えて、俄かに俳句を学ぼうと思い立った。父を魅了した俳句というものの実体を知りたかった。途端に、季語も無い十七音の詩が、後から後から噴き出してきた。そして何の迷いも無く、橋本榮治先生の横浜カルチャー教室の門を叩いたのが私の俳句の第一歩だった。

それからは俳句が私の暮らしの中心となり、心の核となり、最初の五年間は家族が呆れるほど無我夢中だった。その後、様々な迷いはあったが、いつも温かく見守って下さる諸先輩の存在が大きかった。いつもの句会にいつもの見慣れた笑顔がある事の安心感、同じ席題で同じ苦しみを味わう事の尊さ。その貴重な共通体験を、今後も続けて行ける事を切に願っている。共に十七音の俳句という深淵なる器に挑むために。

季語も知らなかった私に今日まで俳句のご指導をして下さり、初句集に対する助言と選句、さらに身に余る序文を賜りました橋本榮治先生に心からお礼を申し上げます。また、数々の編集の助言を頂きましたコールサック社の鈴木光影様にも感謝致します。そして、今日までに出逢った全ての方々に深謝申し上げます。

令和四年　師走

飯田　マユミ

著者略歴

飯田マユミ（いいだ　まゆみ）

昭和35年　山形県鶴岡市生まれ
平成15年　橋本榮治氏に師事
平成16年　「馬醉木」の野中亮介選あしかび抄に投句
平成17年　同人誌「琉」入会
平成25年　「椎」創刊同人

俳人協会会員

現住所　〒144-0052　東京都大田区蒲田4-26-11

石炭袋

句集　沈黙の函

2023年2月25日初版発行
著　者　飯田マユミ
編　集　橋本榮治・鈴木光影
発行者　鈴木比佐雄
発行所　株式会社 コールサック社
〒173-0004　東京都板橋区板橋 2-63-4-209
電話 03-5944-3258　FAX 03-5944-3238
suzuki@coal-sack.com　http://www.coal-sack.com
郵便振替　00180-4-741802
印刷管理　(株) コールサック社　制作部

装幀　松本菜央

落丁本・乱丁本はお取り替えいたします。
ISBN978-4-86435-555-1　C0092　¥2000E